# CUENTOS DE HADAS CLÁSICOS
# Hermano Conejo

**Barbara Hayes**

**Adaptado por Aída E. Marcuse**

**Library of Congress Cataloging-in-Publication Data**

Hayes, Barbara, 1944-
  [Brer Rabbit. Spanish]
  Hermano Conejo / por Barbara Hayes; adaptado por Aída
Marcuse.
    p.   cm. — (Cuentos de hadas clásicos)
    Resumen: Cuenta en lenguaje sencillo la manera en que el
ingenioso Hermano Conejo logio burlar los otros animales.
    ISBN 0-86593-218-2
    [1. Folklore, Africano-Americano.  2. Animales — Folklore.
3. Materiales en idioma español.]  I. Marcuse, Aída E.  II. Título.
III. Series.
PZ74.1.H33  1992
398.2-dc20
[E]                                                       92-17195
                                                              CIP
                                                               AC

**THE ROURKE CORPORATION, INC.**
**VERO BEACH, FL  32964**

# CUENTOS DE HADAS CLÁSICOS
## HERMANO CONEJO

Si ustedes creen que Hermano Conejo era muy listo, tienen razón. Siempre se salía con la suya, a veces gracias a su inteligencia, y otras, gracias a sus rápidas patas. Ese verano, el cerezo de su jardín estaba cargado de cerezas maduras.

Las cerezas atrajeron a los pájaros y éstos, piando de contento, empezaron a comérselas. ¡Pero eso no le gustó nada a Hermano Conejo! "Esas cerezas son mías, no de los pájaros, y yo quiero comerlas con mi familia," exclamó. Corrió a buscar una matraca, la sacudió con fuerza frente al árbol, los pájaros se asustaron muchísimo y abandonaron volando el cerezo.

Pero como las cerezas estaban muy altas, no pudo alcanzarlas. "Iré a pedirle ayuda a Hermana Vaca," decidió. Salió corriendo hacia la casa de Hermana Vaca, mas a medio camino se topó con sus tres peores enemigos: Hermano Lobo, Hermano Zorro y

Hermano Oso. "¡Patitas, para que os quiero!" exclamó Hermano Conejo, corriendo más rápido, perseguido de cerca. Ya estaban alcanzándolo cuando consiguió saltar la cerca y ponerse a salvo. El polvo que levantó Hermano Conejo al correr, hizo estornudar a coro a Hermano Lobo, Hermano Zorro y Hermano Oso: "¡ATCHÍS!" Al oirlos, Hermano Conejo se asomó a la ventana y contestó: "¡Salud!"

Cuando se marcharon, Hermano
Conejo fue a pedirle a Hermana Vaca:
"Por favor, sacude mi cerezo bien
fuerte." En cuanto ella lo hizo, las rojas
cerezas cayeron al suelo y Hermano
Conejo las recogió. "¿Quieres
algunas?" le ofreció a su amiga. Y,
contentísimo, guardó el resto y se fue a
nadar.

"¡Me encanta nadar!" dijo Hermano Conejo. Con un gran chapoteo, Hermano Comadreja también saltó al agua. Estaban divirtiéndose cuando el ruido que hacían atrajo a Hermano Zorro. "¡Aquí vengo yo!" se zambulló entre ellos Hermano Zorro. "¡Y de aquí yo me voy!¡Patitas para que os quiero!" contestó Hermano Conejo. Iba por el sendero cuando se encontró con Hermana Tortuga. "Hermano Tortuga te anda buscando," le dijo.

"Muy bien, iré a verlo," dijo Hermano Conejo. Cuando llegó a su casa, encontró a Hermano Tortuga sentado en la repisa más alta que tenía. "¿Por qué te has sentado allí, en esa repisa?" le preguntó Hermano Conejo.

"Porque Hermano Zorro está por llegar. Ya sabes cuán feroz y malvado es," contestó Hermano Tortuga. "¡Oh, sí, lo sé bien!" contestó Hermano Conejo, "ya se ha comido a varios familiares míos."

"Hermana Tortuga me dijo que me andabas buscando," agregó después, "¿para qué me precisas?" "Para decirte que Hermano Zorro te anda buscando," contestó Hermano Tortuga, "para darte tu merecido de una vez por todas. Dice que está cansado de tus trucos." "A mí no me asusta," dijo Hermano Conejo. Hermano Tortuga miró por la ventana y exclamó: "¡Mira, allá viene Hermano Zorro!" "¡Patitas para que os quiero!" gritó Hermano Conejo. Y escapó a los saltos.

Hermano Zorro estaba muy fastidiado: Hermano Conejo había conseguido escapar otra vez. Así que fue a visitar a Hermano Lobo y le dijo: "Tenemos que

unirnos para acabar con Hermano Conejo." "Ya sabes que es muy listo," contestó Hermano Lobo, "¿qué piensas hacer para que podamos lograrlo?"

Hermano Zorro y Hermano Lobo
prepararon un plan. Entonces, Hermano
Zorro se acostó en su cama y Hermano
Lobo fue a visitar a Hermano Conejo:
"Sabes, a Hermano Zorro le duelen las
patas, y no puede correr, ni caminar!" le
contó. Apenas se marchó, Hermano
Conejo quiso saber si era cierto. Corrió a
casa de Hermano Zorro, y éste exclamó:
"¡Acércate tranquilo, fíjate cómo tengo
de doloridas mis patas, no podré
perseguirte!"

Pero Hermano Conejo pensó: "Es una
trampa. A Hermano Zorro no le duelen
las patas. En cuanto me acerque más,
saltará sobre mí y me atrapará." Y
contestó: "Sí, enseguida, Hermano
Zorro. Cierra los ojos, cuenta hasta tres,
y cuando los abras estaré junto a tí."
Hermano Zorro cerró los ojos y contó
hasta tres ... pero cuando los abrió,
¡Hermano Conejo ya no estaba !
"¡Patitas para que os quiero!" oyó
a lo lejos.

Un día, Hermano Conejo cavaba su huerta: "Este trabajo es muy pesado" pensó. Fue a visitar a Hermano Tortuga y le rogó, "Diles a Hermano Zorro, Hermano Lobo y Hermano Oso que me viste esconder monedas de oro bajo el manzano." Pronto llegaron los tres y empezaron a cavar la huerta de Hermano Conejo con entusiasmo.

¡Por supuesto que no encontraron monedas de oro bajo el manzano! Pero gracias a ese truco, Hermano Conejo plantó zanahorias en su huerta. "Ahora, por favor, ayúdame a cuidarlas," le pidió a Hermano Lechuza cuando estaban crecidas. Pese al vigilante que tenían, una noche Hermano Lobo se robó una carreta llena de zanahorias.

¡Hermano Conejo se enojó muchísimo!
"Tengo que hacer algo," pensó. Fue a ver
a Hermano Lobo y le dijo: "Sabes, me
contaron que las hadas compran
zanahorias a buen precio, pero solamente
a quienes tienen los ojos vendados."
Hermano Lobo se dejó vendar los ojos, y
Hermano Conejo y sus hijitos, sin hacer
ruido, recuperaron las zanahorias.

También a Hermano Oso le gustaban mucho las zanahorias, y en cuanto pudo, se robó una bolsa llena de la huerta de Hermano Conejo. "¡Quiero de vuelta mis zanahorias!" se enojó éste. Pero Hermano Oso era tan grande y feroz ... ¿Cómo haría para conseguirlas?

Hermano Conejo le mostró un árbol: "He visto allí un panal lleno de miel," le contó. Como la miel le gustaba mucho, Hermano Oso trepó al árbol, dejando la bolsa de zanahorias en el suelo.

"¡Justo lo que quería! ¡Patitas para que os quiero!" se rió Hermano Conejo.

Corrió a su casa,
donde todos sus hijitos
estaban esperándolo
… y ¡se alegraron
mucho al verlo
volver con las
zanahorias!

Esa noche
Hermano Conejo
preparó un buen
guiso de zanahorias
rellenas para su
familia, y de postre
comieron las
cerezas maduras.
Después, Hermano
Conejo llevó a sus
conejitos a acostar.

"Buenas noches, hijitos," les dijo, dándoles un beso a cada uno. "Buenas noches, papá," le contestaron a coro. Hermano Conejo no tenía sueño. Así que se puso a pensar en Hermano Zorro, Hermano Lobo y Hermano Oso. "Por ahora me dejarán tranquilo … los he vencido porque soy más listo y más rápido que ellos … ¡y porque mis patitas no me fallaron nunca! ¡Patitas mías, cuánto os quiero!" se rió, muy satisfecho.

# Prueba tu memoria

Lee el cuento, y trata de contestar estas preguntas.

¿Quién es éste? (Página 7)

¿Por qué estaba enojado con Hermano Conejo? (Página 12)

¿Quién era muy listo y corría rápido? (Página 4)

¿Qué asustó tanto a los pájaros? (Página 5)

Después de cada pregunta, encontrarás el número de la página donde está la respuesta.

¿Quién se robó una bolsa llena de zanahorias? (Página 18)

¿Qué le gustaba más que las zanahorias? (Página 19)

¿Quién era muy grande y feroz? (Página 18)

¿Quién se dejó vendar los ojos? (Página 17)